10分おばけどき
なぞときおばけの話の産地
福井
京都
岡山
大分
ふたりになった女房
池のぬしの正体
へんな名まえの客
ゆか下にひそむ男

なぞときおばけの話

10分おばけどき

文 村上健司
絵 天野行雄

あかね書房

おばけの正体をあばく物語！

日本には、数えきれないほどの**おばけ**＝**妖怪**がいるといわれています。そして、その妖怪のお話も、全国各地に、たくさん伝わっているのです。

この本では、そんなたくさんの話の中から、**妖怪の正体をあばく話**をあつめてみました。

妖怪には、なにかにばける能力、つまり、変化能力をもっているものがいます。**きつね**と**たぬき**がもっとも有名ですが、年をとった植物や魚もばけますし、無生物である石や、人がつくった道具も、**精霊がやどって妖怪化**し、ばけることがあります。

大入道、美女、子ども、お坊さんのほか、顔や手足が長いとか、そのすがたはじつにさまざま。

どうしてばけるのかというと、人間をおそったり、からかったり、おどろかしたりするのが目的。そのため、人のまえにあらわれるときは、目的にあわせたすがたにばけるのです。

そして、こういう変化能力のある妖怪には、**ある弱点**がありました。それは、**正体をあばかれること**。正体を見破られると、なぜか力が弱くなるようなのです。だから、こうした妖怪に出会ったら、あわてずに正体を見きわめることが肝心なのでした。

でも、ふだんは、ただの野生動物や、樹木、魚、石、道具ですから、ふつうの人には、なかなか正体がわかりません。

この本には、**正体をあばくためのヒント**が、あちこちに書かれています。もしものときは、この本のことを思い出せば、たすかるかもしれませんよ。

村上健司

目次

けいはくの字

岩手県花巻市に、まだ花巻城があった江戸時代のことです。

城下町には、かならずふしぎな話が伝わっているものですが、ここ花巻の城下町にも、奇妙なうわさがありました。

それは、武家やしきがならぶ中小路（現在の仲町あたり）から、城のお堀ばたへと通じる細い道に、ばけものが出るという話でした。

夜、そこをとおると、まっ白い子どもが出てきて、意味のわからないことばを通行人に投げかけるというのです。

そのため、夜になると、とおる人はひとりもいませんでした。

そんなうわさを耳にしたのが、町にすむわかい武士たちです。

「お堀ばたへいく道に、ばけものが出る話、聞いたか？」

「聞いた、聞いた。見たって人は、なん人もいるらしい」

「どうだ。ひとつ、われらでたしかめてみようじゃないか」

まだわかいかれらは、ふしぎなことに興味しんしんでした。

そして、話はとんとん拍子ですすみ、みんなでその小道をたずねてみることにしたのです。

やがて、夜になりました。

中小路のとおりに、ちょうちんをもった三人の武士のすがたがあります。

「……けっきょく、あつまったのは、三人だけか」

「夜あそびに出られない者もいるからな。しかたあるまい」

ちょうちんの明かりをたよりに、三人はあるきだします。

お堀ばたへと通じる小道は、やしきとやしきのあいだにありました。暗くてせまく、ギリギリ人がすれちがえるほど。

「おい、おすなよ」

「いや、おぬしが早くいかないからだ」

一列になった三人は、ビクビクしながらすすみます。

すると、道の中ほどまできたとき、先頭をいく武士が、

「なにやつ！　う、うわあああああっ」

と、とつぜん悲鳴をあげたのです。その瞬間、

「けいはく……、けいはく……」

という、ぶきみな声があたりにひびきました。

見れば、先頭の武士の腰に、坊主頭の子どもがしがみついているではありませんか。

顔や手足はまっ白。寺の小僧のようなかっこうをしています。

そんなばけものが、しがみついた武士の顔を、下からじっと見上げているのです。

しがみつかれた武士は、あまりの恐怖に気絶しています。

二番目にいた武士は、すぐに刀に手をかけました。

「ばけものめっ！　こっちにこい！」

武士がそうさけぶと、子どもがこちらに近づいてきました。

間合いに入ったところで、すかさず切りつけたのですが……。

なぜか空を切ったように、手ごたえがないのです。それどころか、こんどは自分がしがみつかれたからたまりません。

「うわああっ、はなせっ、はなせっ！」

白い顔の子どもは、黒目

ばかりの大きな目で、じっとこちらを見つめかえします。

そして、

「けいはく……、けいはく……」

と、とても悲(かな)しそうな声をあげました。

その気もちわるさといったら、たとえることができません。

武士(ぶし)はうしろをふりかえりました。三番目の武士(ぶし)は、少しはなれたところから、こちらをうかがっています。

「お、おい！　なにをしてるんだ！　たすけてくれっ」

白い顔の子どもも、三番目の武士(ぶし)に気がついたようで、そちらのほうに顔をむけます。

そのとき——。

「おい、ばけものっ！　おまえの知りたいことばは、これだろう！」

　といって、三番目の武士は、手のひらを見せました。

　そして、ちょうちんをもった手を器用に使い、手のひらに指で文字を書くようなしぐさをはじめたのです。

　そのようすを見ていた白い顔の子どもは、一瞬、ハッとした表情をしました。そうかと思うと、

「あ、あ、ああ……」

　と、かすかな声をあげて、けむりのように消えてしまったのでした。

　三人の武士はへとへとでしたが、すぐに気をとりなおすと、小

道をあとにしました。

「あれがうわさのばけものか……」

「寺の小僧のように見えたな」

「それにしても、なんであのばけものは消えてしまったんだ？　おまえは正体を知っていたのか？」

「じつはな……」

手のひらに文字を書いた武士が、あるきながら話しだします。

「ばけもののうわさが気になったので、いろいろと近所で話を聞いてまわったんだが……そこでなぞがとけた。むかし、あの小道には、寺があったそうなんだ」

「寺が？　あそこはおやしきしかないじゃないか」

「いや、おやしきが建つよりも、ずっとむかしのことだ。それで、そこの寺の小僧が、おしょうさんにお札を書けといわれて、そのとき、書けない字があった。そのことをおしょうさんに怒られて、思いつめたあまり……」

「死んでしまったのか？」

「そうらしい。近くの池に飛びこんで。寺もその池も、のこっていないがね」

今の仲町あたりには、武家やしきがならんでいましたが、やしきが建てられるまえまでは、たくさんの寺がありました。あるとき、城下町をながれる大堰川が洪水をおこし、ほとんどの寺がながされてしまったのです。武家やしきはそのあとに建てられたのでした。池も、洪水のときにうまってしまったのでしょう。

「寺も池もなくなって、おやしきが建って……。小僧のばけものが出るようになったのは、それからのことのようだな」

「それで、書けなかった字というのは、どんな字なんだ?」

「それがな、〝敬白〟という字だったんだ」

「敬白? 手紙の最後に書く、あのことばか」

「そうだ。敬白の二文字が書けなくて、死をえらんだ」

「それで、けいはく、けいはくと……」

「字がわからないくやしさから、ばけて出ていたのか……」

〝敬白〟の字を思い出させてあげれば、小僧のばけものは消えてしまうという話を、武士はまえもって調べていたのでした。

それからも、〝敬白のばけもの〟のうわさはなくなることなく、語りつがれたそうです。

1分、おばけどきコラム

ソロバンができない小僧も

この話は、江戸時代の『二郡見聞私記』に書かれていた話を、読み物ふうにしてみたものです。

敬白のばけものが出た中小路は、現在は仲町という地名になっています。むかしの面影はなく、問題の小道も、今はどこにあったのかわかりません。

この敬白のばけもののように、おしょうさんにしかられて、自殺した小僧の霊が出てくる話は、京都府亀岡市にもあります。

こちらは、ソロバンの計算があわないことをなやんでいた小僧が、自殺した話になっていて、その霊が、ソロバンをパチパチとはじくおばけになったといいます。土地の人は、ソロバン坊主とかソロバン小僧とよんで、こわがったということです。

また、静岡県浜松市西区の神々谷では、むかし八十松火というあやしい火が、川辺を飛びまわったといわれています。あるやしきにいた八十松という小僧が、おつかいのお金を川辺でなくしてしまい、しかられるのがいやで自殺しました。以来、その霊が火の玉となり、川辺でお金をさがすようになったのです。

このように、火の妖怪は、わけがあって死んだ人の霊が正体のことが多いようです。

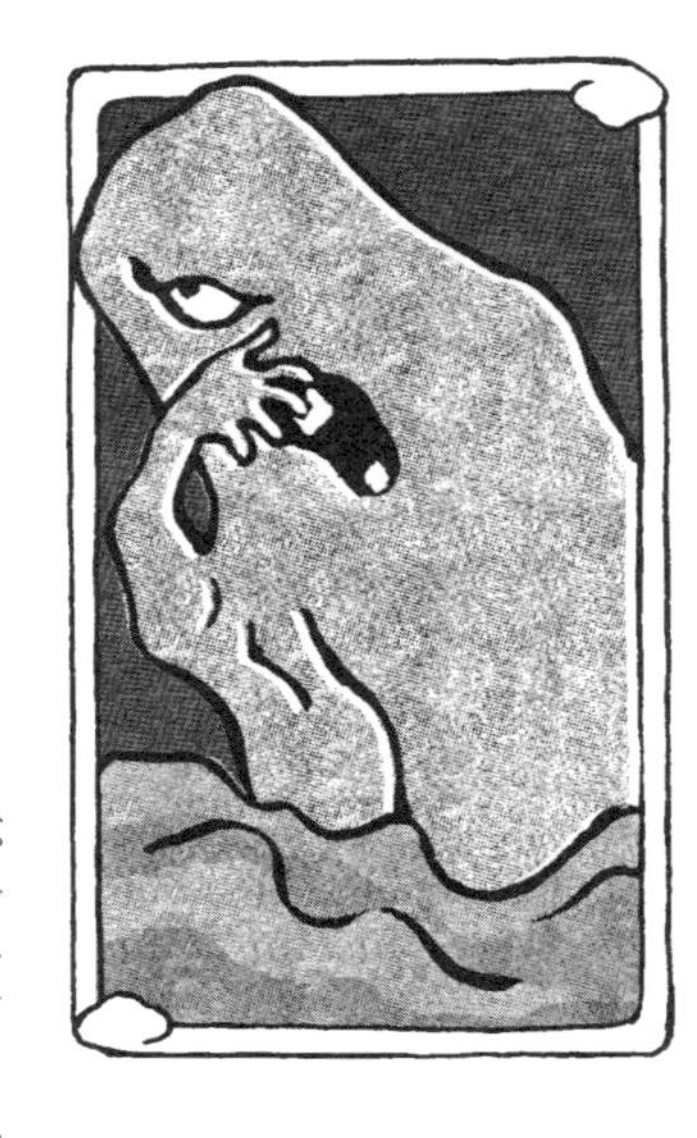

鼻(はな)をいたがる声

宮城県(みやぎけん)の松島湾(まつしまわん)に、寒風沢島(さぶさわじま)という小さな島があります。

島(しま)の南の元屋敷(もとやしき)という場所(ばしょ)は、今でこそ家がないところですが、むかしは、数十軒(けん)も家が建(た)っていたそうです。

その元屋敷(もとやしき)に、まだ家が建(た)ちならんでいた室町時代(むろまちじだい)の、ある年のことです。

村では、毎晩(まいばん)のようにふしぎなことがおこるので、大さわぎになっていました。

「おい、ゆんべも出たぞ。おめえさんも聞いたか?」

「おうよ、聞いた、聞いた。おらとこの家のまえもとおっていった。なんだか気味がわるいな」

村人は、顔をあわせるたびに、そんな話ばかりしています。

夜中になると、しんとしずまりかえった村のとおりを、なに者かが「鼻いでぇ……、鼻いでぇ……」といって、とおりすぎるというのです。

人間の声とは思えず、かといって動物の鳴き声ともちがいます。なんともいえない、へんな声でした。

そのぶきみな声が聞こえだすと、だれもがふとんにくるまってしまうので、正体はまったくわかりませんでした。

そんなある夜のことです。

とおりに面した家に、五、六人の若者が、あつまっていました。気の強い者たちが、ばけものの正体をつきとめることにしたのです。

ばけものの出現を、今か今かと、まっていると、ま夜中ごろ、遠くのほうからぶつぶつと声が聞こえてきました。

「うぅぅぅ……。鼻いでぇ……、鼻いでぇ……」

ぶきみな声のぬしは、だんだんと近づいてきて、やがて若者たちのいる家のまえをとおりすぎます。

「それ来た！　つかまえろ！」

夜の道に、男たちがいきおいよくとび出しました。

手に竹のぼうをもち、おそわれたらやりかえすいきおいです。

でも、いくらたいまつでかざしてみても、あたりにはねこの子一ぴきすらいないのです。

「あれぇ？」

「おかしいな。なにもいねえじゃねえか……」

だれかがそんなことをいったとき、すぐ近くで、「鼻いでぇ」の声が聞こえました。

「おい、どこかにまだいるぞ！」

「このへんから声が聞こえた！」

若者たちは、声がするあたりを竹のぼうで打ちまくりましたが、いくらひっかきまわすようにしても、板きれや縄の切れはしがあるだけで、あやしいものは見つかりません。

そして、近くで声がしなくなったと思うと、とおりの先のほうから聞こえてきます。おなじように竹のぼうでかきまわしてみましたが、やはり、なにも見つからないのです。

そんなことを二度、三度とくりかえすうちに、若者たちは、すっかり元気をなくしてしまいました。

「やめだ、やめだ。きりがねえや」

「くそう、ばけものめ。ばかにしやがって！」

正体をつきとめるどころか、そのすがたすら見えなかったのですから、いくら腹を立てても、どうしようもありません。

若者たちは、あきらめて家に帰ったのでした。


それから数日たったある日。

若者のひとりが、夜の浜辺をあるいていました。

すると、近くのやぶの中から、わいわいとさわぐ声が聞こえてきたのです。

若者は、そっとやぶに近づいてみました。

やぶの中はまっ暗ですが、たしかに声が聞こえてきます。

「……あっはっはっは」

「それ、もうひとつ。歌えや、おどれや」

なんだか楽しそうなようすですが、どうもみょうなのです。

その声が、毎晩のように聞こえるあの声と、よくにていたのでした。人間でもなく、動物でもない、ぶきみな声……。

しかも、ひとりやふたりではなさそうで、いくつかの声が聞こえてきます。

若者は、なおもしずかに聞いていると、いきなり歌がはじまりました。

調子のいい歌にあわせて、ドシドシという足ぶみの音や、小枝をふんだときのポキポキという音が聞こえます。どうやら、なに者かがおどっているようです。

「……こんなところで、だれがおどってるんだ？」

若者は、思わずひとりごとをいってしまいました。

その声が聞こえたのでしょうか、

「今夜はどうもおかしいから、やめろ、やめろ」

と声がしたきり、あたりはシーンとして、物音ひとつ聞こえなくなったのです。

つぎの日――。

若者となかまたちは、浜辺にいってみました。

「おまえさんがへんな歌を聞いたってのは、ここか？」

「ああ、まちがいねえ」

そこにあるのは、波で打ち上げられた、ゴミばかり。

古くなったみのに、ボロボロになったかさ。胴だけになったたいこもあれば、きたないまげわっぱ（うすい木の板でつくった箱）もあります。

ここで、若者は夕べ聞いた歌を思い出しました。

――フルミノフルガサフルダイコ、ツヅイテフルゲタ、フルワッパ。ドンドン、バサバサ、バッサバサ――。

「うーん、わかってきたぞ。きのうの歌は、こいつらが歌っていたんだ！」

「このがらくたが!?」

その中には、大きな古げたが、ひとつだけころがっていました。よく見ると、鼻緒をつける穴のところが、ぱっくりと欠けているではありませんか。

「すると、この古げたが、鼻がいでぇってやつの、正体なのか？鼻緒もねえし、鼻緒つける穴んところが欠けてらあ」

「きっとそうだ。このがらくたどもが、夜になるとばけるんだ！」

若者たちは、ふしぎに思いつつも、そのゴミを浜辺にあつめて、もやしてしまいました。

それからというもの、「鼻いでぇ」の声は聞かなくなり、浜辺でもぶきみな歌を聞くことはなかったそうです。

1分、おばけどきコラム

大そうじにまつわるおばけ

この話は、宮城県塩竈市の寒風沢島に伝わるむかし話を、読み物ふうにしたものです。古みのや古げたがおどっていたやぶは、要の浜という浜辺の近くにあったそうです。

このように、古くなって捨てられた道具は、夜になるとばけることがありました。そうしたおばけを、付喪神といいます。

室町時代の『付喪神草紙』という絵巻物には、「器物が百年もたつと、いつしか精霊をえて、ばけるようになる」と書かれています。

そのため、むかしの人は、付喪神の被害にあわないよう、毎年十二月になると、古くなった道具を捨てたのです。これを、すすはらいの行事といいます。

ちなみに、このすすはらいは、年末にする大そうじの由来でもあるのです。

⊙古い道具のおばけを、付喪神といいます。これは古いげたのおばけの絵です（芳幾近二「新作おばけ野噺」国際日本文化研究センター所蔵）。

いぬがきらいなお坊さん

静岡県伊東市の八幡野は、伊豆半島の東がわにある、海ぞいの町です。

今は観光地としてたくさんの宿がありますが、むかしは数軒あるくらいでした。そのころのことです。

あるとき、八幡野のとある宿に、旅すがたのお坊さんがあらわれて、こんなことをいいました。

「本日、鎌倉の建長寺から、管長さまがいらっしゃるので、こちらでひと晩、お世話になりたいのですが……」

建長寺といえば、鎌倉ではもっとも古い禅寺で、とてもりっぱな寺です。管長さんは、そこの一番えらいお坊さんです。むかえるなら、それなりの準備が必要です。

宿の主人は、はじめはよろこんでいましたが、すぐにおかしなことに気がつきました。

それだけえらい人が来るのなら、もっとはやくから知らせがあってもいいはずだからです。

「しかし、ずいぶんと急なお話ですな……」

つかいのお坊さんは、主人の気もちをさっしたのでしょう。

「じつは……。こんどの旅は、おしのびなのです。ですから、あまり大ごとにはしたくはない。どうか、おねがいいたします」

そういって、お坊さんは、ペコリと頭を下げました。

「そうでしたか。それではさっそく、用意をしておきましょう」

理由を聞いて、宿の主人はひと安心です。

それからしばらくすると、数人のお坊さんとともに、管長が宿にやってきました。

「おお、ご主人、今夜はお世話になりますぞ」

「もったいないおことばでございます。ささ、こちらへ……」

宿の主人は、さっそく一番いい部屋へと案内して、あらためてあいさつをしました。管長は、そんな主人のことなどそっちのけで、しきりと部屋の外を気にしています。

「ところでご主人。つかぬことをたずねるのだが……。この宿では、いぬを飼っていないだろうね」

「はあ。いぬですか。わたしどもの宿では、飼ってはおりませんが……」

「そうか、そうか。して、この付近に、のらいぬはおるまいな？」

「のらいぬも、最近は見かけませんな」

管長はようやく安心したのか、表情がゆるみます。

「いや、わしはいぬが苦手でなあ。見ただけでも身がふるえる」

そういって、管長は身をすくませて見せました。

おかしな坊さんだなと思いながら、宿の主人は部屋を出て、さっそく料理をつくる準備にとりかかりました。

やがて、おかみさんが、部屋に料理をはこびます。

そのとき、管長がへんなことをいいだしたのです。

「おかみさん、わしは食事のとき、いつもひとりですませておるので、ちょっと席をはずしてもらえまいか」

おかみさんは、「はい」とだけこたえると、すぐに調理場へともどり、主人やほかの女中に、ひそひそと話しかけました。

「なんだか、おかしなお坊さまだよ。食事はひとりでしたいとか……。それになんだか、におうんだよ。けもののようなにおいさ」

「えらいお坊さまが、そんなにくさいもんかね」

「うそじゃないよ。なんなら、部屋にいってみるといいさ」

そんな話をしているうちに、ひとりのわかい女中が、こっそりとようすを見にいくことになったのです。

そろりそろりと、わかい女中は、管長のいる部屋のまえまできました。すると、部屋の中から、へんな音がするのです。

ピチャピチャ、ガフッ。ピチャピチャピチャピチャ……。

（なに、この音。気もちのわるい……）

わかい女中は、ふすまのすきまから、中をのぞきこみました。

はじめは、管長がゆかに頭を下げているところしか見えなかったのですが、よく見てみると、それは料理を食べているすがただったのです。両の手とひざをつき、口でじかに、食べものを食べているのでした。まるで、動物のようです。

わかい女中は、調理場へともどると、さっそく今見てきたようすをみんなに伝えました。

「そんなきたならしい食べかたをするなんて、理由でもあるのかねえ」

「もしかしたら、にせものかもしれない。けものがばけたものとか……」

ひそひそ話をしていると、

やがて食事をおえた管長から声がかかりました。

もどってきた食器は、ピカピカになっていたのです……。


つぎの日——。旅じたくをしていた管長のもとに、ひとりの若者がたずねてきました。

じつはこの若者、宿に魚をおろしていた漁師なのですが、おかみさんたちから話を聞いて、「そいつは、きつねかたぬきがばけたものかもしれねえ。ひとつ、オレがたしかめてやろう。考えがある!」といって、管長のまえにやってきたのです。

「建長寺の管長さまに会えるなど、一生に一度あるかないかのことです。記念に一筆、おねがいできないでしょうか……」

若者は、ていねいにおねがいをしました。もし、けものがばけたものなら、人間の字など書けないと思ったからです。

しかし、若者のねらいは、見ごとにはずれました。

「これもなにかの縁でしょう。これ、紙と筆をこちらへ」

管長は、にこやかにこたえると、おともののお坊さんに紙、筆、すずりを用意させて、さらさらと字を書いていったのです。

漁師の若者は、管長がきつねかたぬきだとばかり思っていましたから、これにはびっくり。ただ、お礼をいうしかできませんでした。

そのあと、管長一行が宿を出ていくと、漁師の若者と宿のみんなは、しばらく管長が書いた文字を見つめていました。

「さて、これはいったい、なんて書いてあるのだろうな」

「あたしらには、とても読めないわ」

書かれた文字は、だれにも読むことができません。達筆すぎるのか、はたまたでたらめなのか……。

「それにしても、どうして管長さんを試すような、バチあたりなことをしたんだ。管長さんの心が広くてたすかったわい」

主人のことばに、漁師の若者は、ただ頭をかくばかりでした。

それからしばらくして、なぞはあっけなくとけました。

ある日のことです。

三島のほうから来た旅人が、宿でこんな話をしたのです。

「建長寺の管長といえば、のらいぬにかみ殺されたそうで……」

旅人の話によれば、三島宿を出た管長は、のらいぬにのどをかまれて、そのまま死んでしまったというのです。そして、その死体は、時間がたつと、なんとたぬきのすがたになったというのでした。

「やっぱり、あのときの管長は、人間じゃなかったのか!?」

宿のみんなは、今さらながらおどろきました。でも、宿代のお金は本物でしたし、とくにわるさをされませんでしたから、

「たぬきでも、あんなりっぱな書を書いてくれたんだし、管長さんにばけていた理由が、なにかあったんだろう」

「すこし、かわいそうな気もするねえ……」

と、みんなであわれんだということです。

1分、おばけどきコラム

たぬきの恩返し

この話は、静岡県伊東市にのこる伝説ですが、たぬきが建長寺の管長にばけていた理由は、ちゃんとあるのです。

むかし、建長寺の三門が、ぼろぼろのまま放置されていたことがありました。そこで、境内にすむたぬきたちは、日ごろの恩返しにと、三門を建て直すお金をあつめることにしたのです。たぬきたちは、それぞれ建長寺の管長やお坊さんにばけ、あちこちに出かけました。そして、大きな寺ややしきをたずねては、寄付金の協力をおねがいしたのです。そのお礼に、書や絵をのこしたのでした。

そのため、伊東市とおなじ話が、関東や中部地方にたくさん伝わっているのです。伊東市の話では、たぬきの書が、今も個人の家にのこされています。左右が反転した鏡文字で書かれている、ふつうには読めないふしぎな書です。

◉たぬきがあつめた寄付金で建て直した伝説から、建長寺の三門は、狸の三門ともよばれます。

糸車をまわすぶきみな女

岐阜県高山市の東、乗鞍岳のふもとに、丹生川町という町がありま す。

山また山という土地ですから、木を切って生活をする木こりが、むかしは多くすんでいました。

木こりたちは、なん人かのグループで山へ入ると、なん日も山小屋にとまりながら、木を切っていたのです。

そんなむかしのことです。

三、四人の木こりが、丹生川の山奥で仕事をしていました。
夜になると、そまつな山小屋ですごすのですが、ねるまでのあいだは、道具の手入れをしたり、世間話をしたりして、のんびりとしていました。

ある晩、いつものように火をかこんで話をしていると、

「こんばんはぁ……」

といって、見たことのない女が山小屋にやってきました。

年のころは、二十代もなかばくらいでしょうか。きれいな女の人です。

あまりにも美人なので、木こりたちは心をうばわれそうになりましたが、すぐに用心をしはじめました。こんな山奥の山小

屋に、女がひとりで来るはずがないからです。

「あんただれだい。どこから来たんだね」

　木こりのひとりがたずねます。

「いえね、わたしはこのへんにすんでいるんですけどね。夜はさみしいから、お兄さんがた、いっしょにいさせてくださいよう」

　なれなれしい女は、どこから出したのか、火をつけたあんどんと、糸車を自分のまえに置きました。そして、

「ここで仕事させてくださいな」

　というと、糸車をまわして、糸をつむぎはじめたのです。

　カラカラカラ、キー……。カラカラカラ、キー……。

山小屋に、糸車の音だけがひびきます。

とつぜんのできごとに、男たちは、声を出せずにいました。

それでも、みんな山のくらしが長い木こりです。これが人間ではないことを、なんとなくさとっていました。

正体はたぬきか山ねこか。それとも天狗か山姥か――。

木こりたちは、正体を想像しながらも、けっしてあわてたようすを見せませんでした。へたにさわいで、おそわれたらたいへんです。

こんなときは、なに食わぬ顔で、追い出すのが一番なのです。

木こりたちは、目で合図をとりあうと、すぐに立ち上がりました。

「オレたちは朝が早いんだ。仕事ならしごと家でしてくれ」

「さあ、帰った、帰った」

ひとりが入口のむしろを開けあ、もうひとりがあんどんと糸車を小屋の外に出すと、女はなにもいわず、夜の山へとすがたを消しけました。

その夜は、もうなにごともおきなかったのですが、こまったことに、つぎの日から毎晩まいばんのように女がやってくるようになったのです。いくら追おい出してもむだで、さすがに気味きみがわるくなってきました。

それからなん日かたった夜のことです。

山小屋には、木こりにまじって、鉄砲をもった猟師のすがたがありました。

木こりから相談をされた猟師が、オレが退治してやろうと、かけつけてくれたのです。

「たぬきだか山姥だかしらないが、ズドンと撃てばイチコロよ」

猟師は、自信たっぷりでいいます。

ただ、その日にかぎって、女はなかなかやってきません。そこで、その日は火を消して、ねてしまうことにしたのです。

すると、ま夜中ごろでしょうか。あんどんの明かりがパッとついて、女があらわれました。

「あらあら。今夜はめずらしいお客さんがいるのねえ。どうぞ、よろしく」

女がなれなれしく話しかけるのと、猟師がひき金をひいたのは、ほぼ同時でした。

ズドンッ！

大きな音が、山小屋の外にまでひびきわたります。

だれもが、女はたおれたと思っていました。たしかに弾は女に命中したのです。でも、女はすずしい顔をして、そのままのすがたでいます。しかも、

「それが鉄砲というものですか。はじめて撃たれましたよ」

といって、ケラケラとわらっているではありませんか。

女は、なにごともなかったかのように、また、カラカラカラと、糸車をまわしだすしまつです。

「鉄砲がきかないんじゃ、もうおしまいだ！」

「しかたない。逃げよう！」

木こりたちは、そんなことをいいだします。

そんな中、猟師は「ばかにしやがって……」といって、しばらく考えこんでいましたが、「よし」と一言いったかと思うと、鉄砲をかまえました。

「あら。またですか？　いくらやってもむだですよ」

ズドンッ！

ふたたび爆音がひびきます。そのとたん、あたりはまっ暗になってしまいました。

ふしぎなことに、暗やみにつつまれてからは、女がいる気配がまるでありません。

「おれの考えは正しかったようだな。たぶん、もうこれでだいじょうぶだろう」

自信たっぷりの猟師に、木こりたちは顔を見合わせました。

「まあ、とにかく、女もいなくなったし、朝になってから、よく調べてみようじゃないか」

木こりたちは、なにがなんだかわかりませんでしたが、猟師のことばを聞いて安心したのでしょう。少し休むことにしました。

そして翌朝。山小屋には、あやしいものは見当たりませんでしたが、外に出てみて、猟師と木こりは、びっくりしました。

そこには、一メートルはあろうかという大きながまがえるの死がいがあったのです。

そのがまがえるは、目玉を撃ちぬかれていました。

「さてはこいつが女にばけていたんだな」

「しかし、女を撃っても平気だったのに、なんでまっ暗になったら死んだのだろう？」

ふしぎがる木こりたちに、猟師はがまがえるの目をのぞきこみながらこたえます。

「それは、わしがあんどんを撃ったからだ」

はじめは、女にばかにされたのがくやしくて、しかえしのつもりであんどんを消そうと思ったといいます。まっ暗になれば、糸車もまわせなくなるからです。

「でもな、ふと、人にばけたばけものは、手にした道具が本体だといううわさを、思い出したんだよ。それであんどんを撃ってみたんだ」

「あのあんどんの明かりは、がまがえるの目の光だったわけか」

どうだ、大当たりだっただろうという猟師は、とてもまんぞくそうな顔です。

以来、その山では、ふしぎな女が出ることは、二度となかったそうです。

1分、おばけどきコラム

糸車をまわすばけものたち

この話は、岐阜県高山市丹生川町に伝わる「ドウサイ（がま）のばけた話」というむかし話を、物語ふうにしたものです。

岐阜県の飛騨高山地方では、がまがえるのことをドンビキとかドウサイというそうですが、がまがえるがばけるということは、全国各地でいわれていました。新潟県のほうには、たたみよりも大きながまがえるがいて、人間をおそおうとした話もあります。

また、糸車をまわす女の妖怪は、きつねやたぬきが娘にばけていることが多かったです。

今回紹介したように、がまがえるが糸車をまわす女にばけていたのは、めずらしい話といえます。

山でそういう妖怪に出会ったら、糸車やあんどんが本体なので、それをねらって攻撃すると退治できるのです。

⦿『北越奇談』という江戸時代の本にも、大きながまの話があります。あまりにも大きすぎて、岩にしか見えなかったそうです。（早稲田大学図書館蔵）

人が行方不明になる寺

山梨県山梨市の万力に、蟠沢山長源寺という寺があります。

今は明るい山の中腹に建っていますが、むかしはうっそうとした木々におおわれ、寺のまえには気味のわるい湿地がありました。

しかも、しばらくのあいだ、だれもすまないあれ寺になっていたのです。

もともとはおしょうさんがいて、きれいに手入れをされていました。ところがある年、とつぜんおしょうさんが行方不明になってしまったのです。

それからというもの、新しいおしょうさんが来ても、行方不明になったり、ちぎれた首だけが本堂にのこっていたりと、ぶきみな事件がつづきました。

長源寺にはばけものがすんでいるにちがいないと、土地の人たちはうわさしあい、いつしかだれもよりつかない、あれ寺になってしまったのでした。


そんなむかしの、ある夕方のことです。

旅のお坊さんが、村へとやってきました。

「このあたりに、ひと晩、とまれるお堂はありませんか」

たずねられた村人は、すぐに長源寺を思い出しました。

「この先の山に、あれ寺があるが……。お坊さま、あそこだけは、やめておいたほうがええ」

「なにか、わけがありそうですね」

「わけもなにも、ばけものが出るという話ですだ」

「ほほう、ばけものが。どんなばけものが出るというのです?」

「どんなばけものかはしらねえが、とにかく、あそこにとまって、無事でいたお坊さまはいねえという話で」

「寺は、ばけもののためにあるのではありません。どんなばけものか、たしかめてみましょう」

旅のお坊さんは、村人がとめるのも聞かないで、すたすたと山へと入っていきました。

村人がいったとおり、寺のあれようは、ひどいものでした。くちかけた屋根は今にもくずれそう。湿地のじめじめのせいでしょうか、かべにはこけが生えているしまつ。

旅のお坊さんは、もっていたろうそくに火をともすと、本堂を軽くそうじして、お経を読みはじめました。

(ひと晩、お世話になります。もしものときは、お守りください)

ほとけさまに、そんなねがいごとをしたお坊さんは、ろうそくの火を消すと、本堂のかたすみにゴロンとよこになりました。

やがて夜もふけて、ま夜中と思われるころです。

ド、ド、ド、ドという地ひびきが、どこからか聞こえてきました。そして、その音がピタリとやむと、こんどは本堂にだれかがきたのか、板をふむ足音が聞こえるのです。

（ばけものがきたのか……？）

お坊さんは、よこになったまま、足音がするほうを見てみましたが、まっ暗やみで、なにも見えません。

それでも、なに者かが、そこにいることはあきらかです。お坊さんは、声をかけてみました。

「だれかいるのかっ」

すると、

「客人が、来ているようじゃの……」

と、低くてしわがれた声がかえってきたのです。
お坊さんは、すぐにろうそくに火をともしました。そこにいたのは、身長が三メートルくらいはありそうな大男！
坊主頭に、けさを着ているところをみると、どうやらお坊さんのようです。ただ、体が大きすぎて、ふつうではないのです。

「拙僧はこの寺にすむ者じゃ。わしは客人と問答をするのが楽しみでのう。ひとつ、楽しませてはくれまいか」

「問答を？」

旅のお坊さんは、さすがにこの坊主が人間ではないとわかっていました。そこで、いつおそわれても反撃できるよう、ふところに独鈷（両はしがとがった、短いぼうのような仏具）をしのばせておきました。

「では、よいか？」

あやしい坊主は、ぎらつかせた目つきこそしんけんですが、口もとはわらっているように見えます。どうせ答えられないだろうという態度が、ありありとわかります。

(これはこまったな……)

そもそも旅のお坊さんは、問答などしたことがありません。どんな難問が出されるのか、いつおそわれるのか……。きんちょうのあまり、顔から汗がながれ落ちます。

「両足八足大足二足、横行自在に両眼は天を指す、これはなに者か!?」

腹までひびくその声に、一瞬、ひるんでしまったお坊さんでしたが、すぐに答えを考えはじめました。

(足が八本、そのうち大きい足が二本……。横行自在とは、よこあるきのことか? 目が天を指すということは……)

ふと、寺のまえにある湿地を思い出したお坊さん。すぐさま、

「それは、かにだ！」

と大声でさけんで、ふところから独鈷をとりだしました。

あやしい坊主は、正体を見やぶられてびっくりしたのか、それとも、お坊さんが手にした独鈷におどろいたのか、ウオッと声をあげると、みるみるうちに変身しはじめます。

それは巨大なさわがにでした。

大がには、ものすごい地ひびきをたてて、寺の西をながれる小川へと

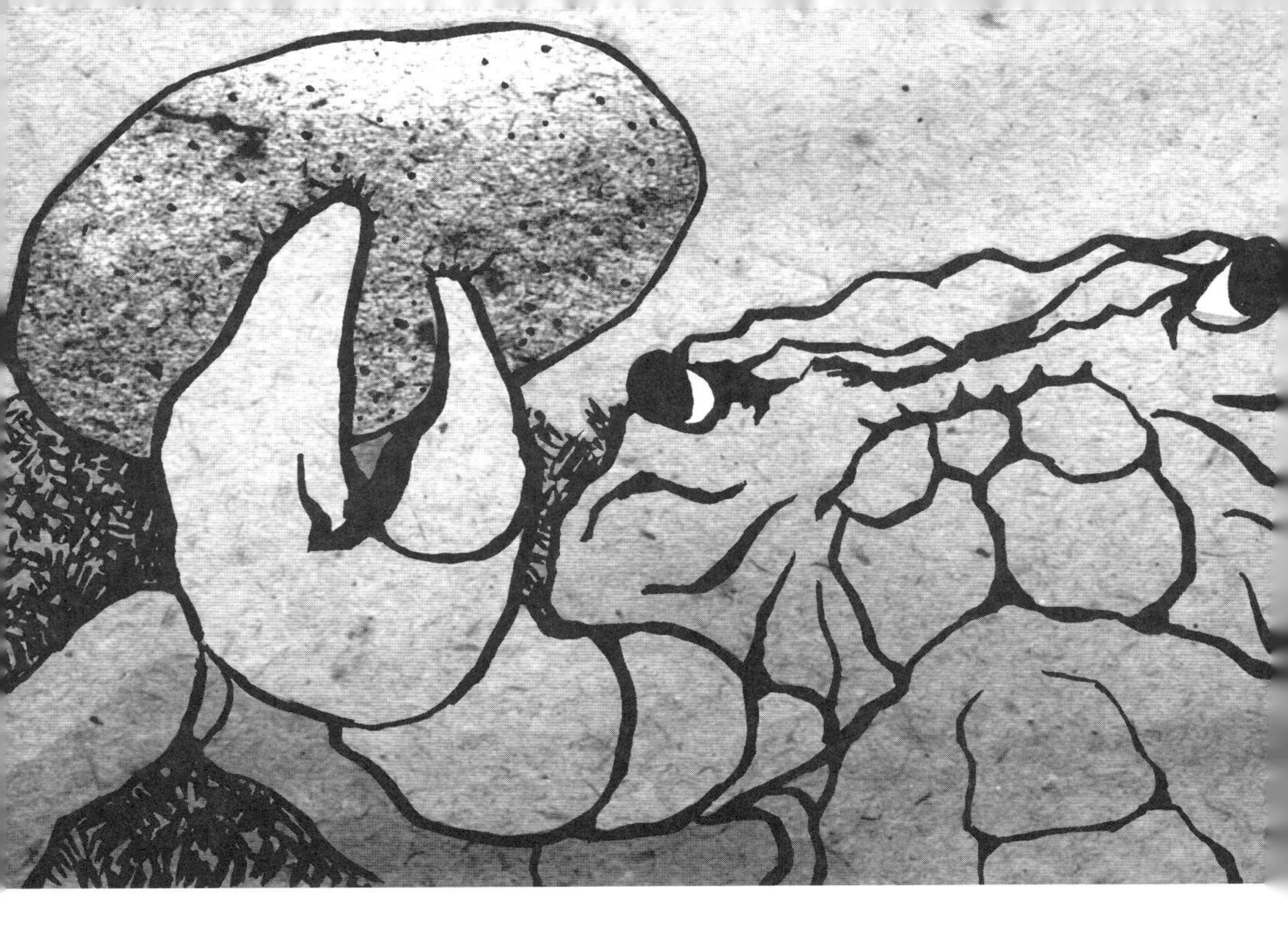

逃げ出します。

「まてっ！」

あとを追うお坊さんが、独鈷を大がにに投げつけました。

それはみごとに命中！　大がには、こうらがぱっくりと割れてしまいました。

もはや逃げられない大がには、大きな石をハサミにさしてふりまわしていましたが、やがて力つきたのか、そのまま死んでしまったのです。

行方不明になったお坊さんたちは、この大がにの問答に答えられず、そのために大きなハサミで殺されていたのでした。

つぎの日の朝――。ようすを見にきた村人たちは、びっくりしてしまいました。てっきり、ばけものに殺されたと思っていたのに、旅のお坊さんはピンピンしていたからです。

そして、ばけものを退治した話を聞かされると、

「こんなお坊さまがいてくれるのなら、村も安心だ」

と、寺にとどまってくれるように、たのんだのです。

こうして旅のお坊さんは、長源寺の住職となって、おとろえていた寺を、ふたたび建て直したのでした。

1分、おばけどきコラム

ふしぎな力をもつ大がに

この話は、長源寺に伝わる伝説を、物語ふうにしてみたものです。

この大がにを退治した坊さんは、救蟠法師という名前で、長源寺では中興の祖（おとろえていた寺を、ふたたび建て直した人の意味）として伝えています。

寺には、大がに退治の伝説をしるしたかけじくのほか、大がにがハサミにさして戦った石が、今でものこされているのです。

この伝説のように、かにのばけものが問答をしかけて、寺の坊さんをおそう話は、山口県下関市の三恵寺のように、ほかの土地にも伝わっています。

長い年月をかけて、大きく成長したかには、ふしぎな力をもつようになって、人間にばけることもあったのです。

⊙長源寺の境内には、大がにがハサミをさしてたたかったという、石があります。石には、ハサミをさした二つの穴があいていました。

ふたりになった女房(にょうぼう)

江戸(えど)時代(じだい)のはじめごろのことです。

福井城(ふくいじょう)の北、神明神社(しんめいじんじゃ)の近くに、川澄角平(かわすみかくべい)という、片目(かため)の武士(ぶし)がすんでいました。

ある年、角平(かくべい)は、殿(との)さまとともに江戸(えど)へと旅立(たびだ)ったので、家では妻(つま)がひとりきりでるす番をしていました。


そんなある日の夕方。

「ただいま帰った」

といって、家に入ってくるものがいます。

見れば、その声のぬしは角平でした。

「あら！　こんなにはやく帰られて。なにかわけでも？」

びっくりした妻は、なにかよくないことでもあったのかと、あわててたずねました。

むかったのですから、一年は帰ってこないはずだったからです。というのも、角平は参勤交代で江戸へと
「いやな、殿のご用事で、急にもどることになったのだ。あすの朝には、また江戸へとむかわなくてはならん」

「あらあら、そうでしたの。さぞやおつかれでしょう」

思ってもいなかった夫の帰りに、妻は少しうれしそうにしています。しかし、角平のほうは、にらむようにいいました。

「わたしが帰ってきたことは、だれにもいうなよ」

妻は、いやな胸さわぎをおぼえましたが、「わかりました」とだけこたえて、夕飯のしたくにとりかかりました。

その日は、ちょうど近所からもらった川魚のコイがあったので、さっそく料理して角平に出します。

「おお。これはわたしの大好物……」

角平は、大よろこびで魚にむしゃぶりつきました。

そのようすを見て妻は、ふしぎに思いました。

（魚なんて、好物だったかしら……。それに、あんなにガツガツした食べかたは、しなかったはず……）

そして、角平の顔をまじまじと見たとき、ハッとしたのです。

なぜなら、角平は右目がつぶれていたのに、目のまえにいる角平は、左目がつぶれているのです。

(やっぱり、これはにせものだ……)

妻は、うたがっているのを知られぬように、そっと部屋を出ると、自分の弟をよんでくるよう、つかいの者にたのみます。

そして、なにげないそぶりで、また部屋にもどってみると、角平のすがたはどこにもなく、食いちらかしたおぜんだけがのこされていたのでした。


それからなんか月かしたある日。

ようやく角平が家にもどって来ました。

「長いあいだ、るすをたのんですまなかったな。なにかかわったことはなかったか？」

こんどはほんものの角平のようで、るす中の妻をいたわってくれます。

さっそく妻は、角平のにせものが出たことを伝えました。

「ふうむ、おおかた、きつねかたぬきのいたずらだろう」

なに者のしわざかわかりませんが、一度でもおいしい思いをしたら、またくるかもしれません。ふたりはおたがい用心しようと、話しあったのでした。

しかし、それからなん年かすぎたころ、またおかしなことがおこりました。

角平が仕事から帰ってくると、なんと妻がふたりになっていたのです。

「わたしがほんものです！　しんじてください！」

「いえ、わたしのほうがほんものです。こちらはにせものです！」

しゃべる声としぐさは、まったくおなじ。なん年もいっしょにくらしてきた角平でも、見わけることができません。妻のどちらかは、ばけものにちがいないのです。でも、見わける方法が、まったく思いつかないのです。

角平は、これにはまったくまいってしまいました。

さいわい、妻にばけたばけものは、わるさをするようすはありませんでした。

妻がせんたくをすればせんたくをし、そうじをすればそうじをするというように、まったくおなじことをするのです。

たぶん、ほんものの妻とおなじことをしていれば、にせものだとばれにくいと思ったのでしょう。

そのため角平は、しばらくのあいだ、ふたりの妻とくらすことにしたのです。

ばけもののことなら、神だのみしかないと、生まれそだった土地の産土神（土地にすむ人たちの守り神）を、自宅におまつりしてみましたが、ごりやくはなかなかあらわれませんでした。

ある晩、角平が酒を飲みながら、ふたりの女房を見ていたときのことでした。

一ぴきのハエが、部屋でブンブンと飛びまわっていました。そのハエが、いっぽうの妻の耳にとまったのです。

すると、その妻は、耳をピクピクッと動かして、ハエを追いはらうではありませんか。

（こいつがにせものだ！）

角平はすかさずやりを手にとると、ハエがとまったほうの妻を、逃がすまもなく、さし殺しました。

やがて、死んだ妻の体は、大きなねこへと変化したのです。どこにすみついてこれほど大きくなったのかはわかりませんが、にせものの妻の正体は、ばけねこだったのでした。

すべてを見ていた妻は、

「なん年かまえに出た、あなたのにせものも、このばけねこのしわざだったのですね。なんておそろしい……」

といって、おそるおそるばけねこの死がいを見ています。

「いったい、なぜわしらの家に来たのか……。いずれにしろ、退治できたのも、神さまのたすけがあってのことだろう」

角平はそういって、産土神に感謝をしました。

そのあと角平は、近所にある神明神社の一角にねこの死がいをうめると、あらためてその上に産土神である袋羽大権現をまつったということです。

1分、おばけどきコラム

ねこ塚は赤ちゃんの味方

この話は、福井県福井市の神明神社の境内にまつられた、袋羽神社にまつわる伝説です。

袋羽神社は、ねこ塚ともよばれていて、今では赤ちゃんの夜泣きふうじにごりやくのある神さまとして、しんじられています。

なぜ、赤ちゃんの夜泣きにごりやくがあるのかというと、これはことばあそび、つまり語呂合わせに関係するようなのです。

ねこは〝寝子〟ということばににています。そこから「夜泣きをしないで、よくねる子になりますように」と、おねがいをするようになったようなのです。

このときには、神社に置かれた木の箱に魚のニシンをおそなえするしきたりがあります。

これも、ねこが魚を好むことにゆらいするようです。

◉地元では、ねこ塚さんの名前でしたしまれている、袋羽神社。絵馬には、ねこの絵が描かれています。

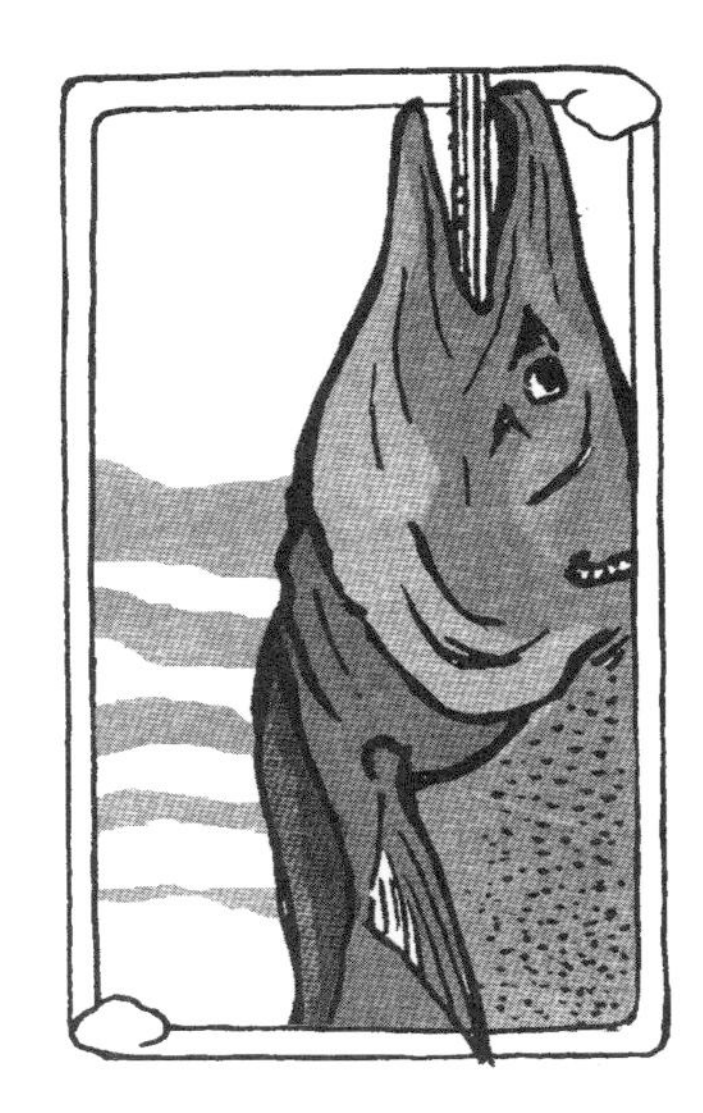

池のぬしの正体

京都府綾部市に、藤山という二百メートルほどの山がありま
す。

山の東南のふもとには、今でこそ、住宅街が広がっています
が、何百年もまえまでは、そこに大きな池があって、うっそう
とした森にかこまれていたそうです。

そんなむかしの、ある冬のことでした。

大きな荷物を背負った男が、池のほとりをあるいていました。

男は、丹後から京の都へ、乾鮭（はらわたを取って、かげ干ししたサケのこと）を売りにいくとちゅうなのです。

「茶店で休んだのがいけねえのかな。足が重くてしかたねえ」

そんなひとりごとをいいながら、あるいていましたが、ふと、森のほうに目をやると、大きな鳥がもがいているのが見えました。

見れば、それはまるまると太ったきじ。わなにかかり、もがいていたのです。わなは、土地の人がしかけたのでしょう。

（こりゃあいいや。だれも見ていないし、いただくとしよう）

男は、あばれないようにきじをしめ殺すと、さっそく荷物の中にほうりこみましたが、すぐにある考えが頭をよぎります。

（いやまてよ。ただでもらっては、わなをしかけた人にわるいな。ここはひとつ、物々交換といこう）

男は、わなに一ぴきの乾鮭を置いて、都へとむかったのでした。

それからなん日かたったある日。

「お。わなに、なにか、かかっているぞ！」

わなをしかけた人が、わくわくしながら近づきました。でも、わなには、干したサケがあるだけです。

こんな池のほとりで、サケがわなにかかるはずがありません。ふつうなら、だれかのイタズラだと思って、くやしがるものですが、この人は、ただ顔を青くするばかりでした。

というのも、わなをしかけた人は、今の福知山市三和町にある、大原神社の氏子（その神社の神さまに守られている人のこと）でした。大原神社の氏子は、サケやマスを食べてはいけないという、きびしいきまりがあったのです。

だから、この人にとって、サケはバチあたりなものにしか見えなかったのです。そこで、

「こんなものをもって帰ったら、なにがおこるかわからん！」

といって、乾鮭を池にほうりこんでいったのでした。

そんなことがあってから、数年がたちました。

乾鮭(からざけ)を売る男が、また、池のほとりをとおりかかったのです。

(ああ、何年かまえに、ここできじをちょうだいしたんだっけな。あのときのきじなべは、とてもうまかった。また、食べたいものだなあ……)

そんなことを思いつつ、男が村に入っていくと、どうも村のようすがおかしいのです。とおりすぎる村人は、みんな下をむいて、まったく元気がありません。

男は、なじみの茶店に入ると、そのわけを聞きました。

「村じゅうが、葬式(そうしき)みたいな感(かん)じだな。なにかあったのか?」

へい、といって出てきた店主も、また、元気がなさそうです。

「いえね、村にばけものが出るようになったのです。そのばけものが、わかいむすめを、いけにえにしてよこせと……」

いけにえを出さないと、作物があらされ、洪水がおこるから、しぶしぶいけにえをさし出しているのだと、店主はいいます。

しかも、そんなことが、毎年つづいているというのです。

「その、いけにえをさし出すのが、ちょうどあすなのですよ」

「しばらく来ないうちに、そんなひどいことが……。それでその、ばけものっていうのは、どんなやつなんだい？」

店主の話では、顔が鬼がわらのような大きな魚で、むねにはつばさのようなものがあるといいます。そんなばけものが、池のぬしとして、すみついているというのでした。

「魚ねえ……」

乾鮭売りの男は、なんとなく胸さわぎをおぼえました。そのばけものが、自分に関係するのではないかと思ったからです。

「鬼がわらのような顔の魚か。まさかなあ……」

しばらく考えこんでいた男は、

「すまないが、なにか武器になるようなものはないか？」

と、へんなことをいいだします。

「武器ですか？　あいにく、刀もやりもありませんで……」

ううむとうなりながら、男はふと店の外を見ます。そこには、もちをつくのに使う、臼と杵がありました。

「よし。おれがばけものとやらを、退治してやろう」

そういって男は、いけにえとなるむすめの家を店主から教えてもらうと、走っていってしまったのでした。


つぎの日の夜になりました。

池のほとりでは、わかいむすめが、白い木箱に入れられて、しくしくと泣いています。

やがて、池の水面がザワザワとあれはじめたかと思うと、バシャバシャバシャッと、ものすごい水しぶき！

音がやんだときには、ばけものの顔がむすめの目のまえにありました。それはまるで、クジラの頭のようです。

むすめは、思わず悲鳴をあげました。

そのとき――。

とつぜん、乾鮭売りの男が、むすめのまえに立ちました。ばけものがあらわれるまで、こっそりかくれていたのです。

「おい！ ばけものめ、もっとすがたを見せろ！」

しかし、ばけものは、男のことなど気にすることなく、むすめもろとも食べようとして、ヌルヌルと近づいてきます。

池から出てきたばけもの、それは、茶店の店主がいうとおり、たしかに巨大な魚のすがたをしていました。

（やっぱり、そうだ!!）

男は確信しました。

「おまえの正体はわかっているぞ！　おまえは、乾鮭じゃないか！　わなにかかった、きじのかわりだ！　安物の干物のくせに、人を食うなんてなにさまだ！　身のほどを知れっ！」

　そんなことを一気にさけぶと、男は手にした杵で、ばけものの頭を、たたきまくったのです。

　杵は、茶店から借りてきたものでした。ばけものはといえば、男にたたかれっぱなしで、少しも力が出せません。

というのも、ばけものによっては、自分の正体を明かされると、神通力をうしなう場合があるのです。このばけものも、正体がばれたので、力をうしないました。ばけものは、あっけなくなぐり殺されてしまったのでした。

平和がおとずれた村では、ばけものを退治した乾鮭売りに感謝をするとともに、ばけものを打ちのめした杵を、神さまとしてまつったということです。

1分、おばけどきコラム

ばけもの退治の杵が神様

この話は、綾部市にのこる伝説で、杵の宮の由来を記したものです。

杵の宮は、今も藤山のふもとにある若宮神社の境内でおまつりされています。

もともとは、藤山の東のほうにある本宮山にまつられていたのですが、昭和のはじめごろ、今の地へうつされたといわれています。

そして、乾鮭のばけものがいた池は、この杵の宮が建てられたあと、近くの由良川に水をながして、うめ立ててしまいました。

干したサケがおばけになった話は、ほかにはあまり聞きません。さらに、退治をしたときの杵を神さまにするなんて話も、ここに伝わるくらいのものです。

とてもおもしろくて、めずらしいおばけの話といえますね。

⊙若宮神社の境内におまつりされた、杵の宮。守護神として、土地の殿さまからも、代々信仰されていたそうです。

灰がきらいなお坊さん

むかし、和歌山県の山の中に、一軒の寺がありました。

寺には、おしょうさんがひとりいるだけでした。

昼間は、近所の人が食べものをもってきたり、世間話をしにきたりと、そこそこの人が立ちよるので、さびしくはないのですが、夜になると、寺はしんとしずまりかえるのです。

「たまには、だれかと話をして、夜をすごしてみたいのう……」

おしょうさんでも、人こいしくなる夜があったのでした。

ある冬の、さむい夜のことです。

夕食をすませたころ、トントンとだれかが戸をたたきました。

「はて、こんな夜に人が……？」

戸を開けるとそこには、旅装束のお坊さんがいたのです。

「山をこすつもりでしたが、道にまよってしまいました。どうか、ひと晩だけでも、とめてもらえませんか……」

旅のお坊さんは、もうしわけなさそうにいいました。

「それはそれは。たいへんな目にあわれましたな。こんなぼろ寺でもよければ、なん日でもおとまりなさるがいい」

「ありがとうございます。たすかりました」

旅のお坊さんは、そういって、旅装束をといたのでした。

部屋に案内して、火ばちを用意したおしょうさんは、旅のお坊さんの着ものに、べったり土がついているのに気づきました。

「どこかでころばれたのかな。しかし、こんなにさむい冬の夜に、山をこえようなんて、無理な話じゃ。この寺にたどりつけて、ほんとうによかった」

「そうですね……。おかげで命びろいをしました」

「いま、ふろをわかしているでのう。長いあいだ外にいて、体もひえているじゃろうから、あたたまるとよい」

そういっておしょうさんは、ふろの湯かげんを見にいきました。

お湯は、ちょうどいい温度にわいています。

部屋にもどったおしょうさんは、

「湯がさめないうちに、どうぞ先に入ってくだされ」

と、お客さんである旅のお坊さんにすすめます。

すると、旅のお坊さんは、

「それではおことばにあまえて……。ところで、そのふろには、灰は入っていないでしょうね……?」

そのことばの意味が、おしょうさんにはわかりませんでした。

「灰です。わらとか草をもやしたときの、灰です。ふろには、灰が入っていないでしょうね……?」

おしょうさんは、きょとんとした顔でこたえます。

「なんでそんなものをふろに入れるのかわからないが……。」と

にかく、灰など入れてないから、安心してつかりなさい」

おしょうさんのことばに、ホッとした表情をうかべた旅のお坊さんは、よろこんでふろに入ったのです。

「ああ、いい湯だった。こんなに気もちのいいふろははじめてです。毎日でも、入りたいくらいです」

ふろから上がったお坊さんが、笑顔でいいました。

「そんなに気に入ったのなら、毎日でも入りなされ。ここには、わしひとりしかいないから、えんりょは無用じゃ」

おしょうさんとしても、話の相手がしばらくいてくれたほうが、楽しいのです。

旅のお坊さんも、うれしそうにわらいました。

つぎの日から、旅のお坊さんは、「たくはつ（お経を読んでお金や食べものをもらうこと）にいってきます」といって、朝早くに出かけて、暗くなってから帰ってくるようになったのです。

もどってくると、いつも、着ものに土がついているのでした。

さらに、ふろに入るようにすすめたときには、「灰は入っていないでしょうね？」と、きまっておなじことをたずねるのです。

毎回、聞かれるので、おしょうさんは、さすがにおかしいなと思いはじめました。

でも、それ以外は、まじめなお坊さんです。おしょうさんは、少しかわった人だと思うようにしました。

そんなある晩。おしょうさんは、いたずら心から、こっそりふろに灰を入れておきました。

べつに、湯に灰をまぜたところで、体に害はありませんから、もしばれたとしても、じょうだんですむと思ったのです。

「このふろには、灰は入っていないでしょうね？」

ふろをすすめると、いつものように、旅のお坊さんが聞いてきます。おしょうさんは、くすくすわらいながら「いつもとおなじじゃ」とこたえました。

するとどうでしょう。その晩にかぎって、お坊さんがなかなかふろから上がってこないのです。

心配したおしょうさんが、ふろ場をのぞいてみると——。

そこには、お坊さんのすがたはなく、ただ、大きくて丸い根っこがうかんでいるばかりだったのです。

(なんじゃ、このいもみたいな根っこは……。どこかで、見たことがあるものじゃな)

おしょうさんは、しばらく考えこみました。

(ああ、これはうらの畑の！　そうか、わかったぞ。こいつは、わしをだましておったのだな……)

おしょうさんは、なにを思ったのか、ふろのたき口までいくと、どんどんとまきをくべました。

ふろおけの湯が、ぐつぐつと煮えたぎっているのを見ると、おしょうさんは火を消して、そのまま部屋でねてしまいました。

つぎの日の朝、村人がやってきたので、ちょうどいいとばかりに、おしょうさんはいっしょにふろ場へといってみました。

するとふろおけには、なぜか大きなこんにゃくが……。

「おしょうさん、なんでふろおけなんかで、こんにゃくをつくったんだい？」

「ははは。これは、ばけもののなれのはてじゃ」

「へ？　ばけもの？　これが!?」

旅のお坊さんにばけたばけものの正体、それは、こんにゃくいもでした。

寺のうらには、こんにゃくいもの畑があるのですが、どうやら、そこからぬけ出てきたようなのです。

昼間は土の中にいて、夜になるとお坊さんにばけていたのでした。だから、いつも着ものに土がついていたのです。

「こんにゃくいもでも、古くなると、人間にばけると聞いたことがある。こいつも、そういうばけものだったんじゃな」

わるさはされなかったものの、そこはばけものです。いつ、なにをされるか、わかったものではありません。

この寺には、もうこんにゃくのおばけはやってきませんでしたが、おなじ和歌山のほかの土地では、ちょくちょくあらわれていたということです。

1分、おばけどきコラム

和歌山県名産のおばけ!?

この話は、和歌山県の山間部に伝わっている、「こんにゃくのもらいぶろ」というむかし話を、物語ふうにしたものです。

こんにゃくのおばけが、なぜ灰をきらうのかというと、これは、こんにゃくのつくりかたに関係するのです。

ふつう、こんにゃくは、ゆでたこんにゃくいもをすりおろしたあと、水と植物の灰からつくった灰汁に入れてかためます。それをまたゆでると、こんにゃくになるのです。

物語では、灰といっしょにゆでられたこんにゃくいものおばけが、こんにゃくになっています。

これは、ふろおけでぐつぐつと煮られたことで、正体であるこんにゃくいもが、ぐずぐずにとけてしまったのでしょう。

それで、すりおろしたのとおなじ状態になり、こんにゃくになったしまったと考えられますね。

食べ物に関係するおばけでは、果実や魚がばけることがありますけれども、こんにゃくいもが人間にばけるということは、ほかではあまり聞きません。

そのため、和歌山地方独特のおばけといえます。

へんな名まえの客

岡山県が、まだ備前とよばれていたころの話です。

夕ぐれのいなか道を、ひとりの商人があるいていました。

（まいったな。ここがどこなのかもわからない……）

はじめての土地で、帰り道がわからなくなっていたのです。

日がくれて、ますます道にまよった商人は、近くの家をたずねて、ひと晩の宿をおねがいしました。しかし家の人は、

「村のきまりで、よそ者をとめられないんだよ。わるいなあ」

そういうのです。家の人も気のどくに思ったのでしょう。あまりすすめたくはないがと、まえ置きをしてから、いいました。

「古寺でよければ……。ただ、ちょっとわけありなんだがね」

「わけありでもなんでも、野宿をするよりはましです！」

商人はすがるような思いで、寺の場所を教わったのです。


その寺は森の中にありました。

人のけはいはなく、なんとなくぶきみでしたが、もともとだれかがすわっていたのか、商人は気にせずに、くもの巣だらけの部屋に入ります。

そして、まだ使えそうなふとんを戸だなで見つけると、すぐにひっぱり出して、いびきをかいてねてしまったのです。

——やがてま夜中ごろ、ドンドンと戸をたたく音で、商人は目をさましました。

「おおい。木へんに春の字の、〝ていていこぼし〟はおるか」

外から声が聞こえます。

（なんだ？　ここは無人の寺じゃなかったのか？）

商人がねぼけながらそう思っていると、意外なことに、戸をへだてたとなりの部屋から、

「だれなら」

と、返事があったのです。

「わしは、〝とうやのばず〟じゃ」

「そうか。今夜は、うまそうなもんがあるから、入れ」

ドシドシと、なに者かがとなりの部屋に入ってくる足音がします。そのとたん、戸のすきまから、明かりがもれてきました。

すっかり目をさました商人は、だまってとなりの部屋のようすをうかがいました。

すると、また、戸がドンドンと鳴ったのです。

「だれなら」

「わしゃあ、〝さいちくりんのいちがんけい〟じゃ」

「そうか。今夜はうまそうなもんがあるから、入れ」

（まずいな。どんどん人があつまってくる。まさかどろぼうの集会場じゃあないだろうな……）

どろぼうの集団（しゅうだん）なら、見つかったときに、なにをされるかわかりません。ですが、商人（しょうにん）はうでっぷしには自信（じしん）があったのです。

（それならそれで、けんかするまでだ！）

しばらくすると、またドンドンと戸がたたかれて、

「わしは、〝なんちのぎょじょ〟じゃあ」

という者（もの）までやってきました。

そうして、なにやらガヤガヤと、楽しそうに話をはじめたのです。

（えん会でもはじめたのか……）

商人がじっと息をひそめていると、とつぜん、歌が聞こえてきました。

「とうやのばずは、愛しいことよ。いつを楽とも思いもせいで、腰はくだけて、足打ちおられ、あとは野山の土となる、土となる――」

歌いながらおどっているのか、ドスドスという足音が、だんだんとこちらの部屋に近づいてきます。

そして、少しだけ戸が開いたかと思うと、商人のほうを見るものがありました。それは、顔の長いばけものだったのです！

商人はけっしておどろいたようすを見せずに、じっとそのばけものをにらみつけてやりました。

まもなく、戸がスッととじました。が、しばらくすると、またべつのばけものが、歌いながら戸を開けて、商人の顔を見ていくのです。顔の長いばけもののつぎは、一つ目のばけもの。つづいて、ヌルヌルとした女のばけもの。最後は、ボロボロの葉っぱのようなばけものでした。

そのたびに、商人はにらみつけてやったのですが、そのうちとなりの部屋から、

「今夜はどうにも手におえん。また、あしたの晩にしよう」

という声がして、ふたたびまっ暗になると、あたりは急にしずまりかえりました。

商人は、このあともなにかあるのではないかと、しばらくのあいだ、じっとまっていました。

すると、ドンドンと、また外から戸をたたかれたのです。

「おおい、だんなさん。生きているかあ⁉」

その声は、きのうたずねた村人のものでした。

夜はいつのまにか明けていたのです。

「きのうはばけもののことを教えずに、すまないことをした。ばけものにとって食われていたら、どうしようと思って……」

「いえいえ、このとおり、ピンピンですよ。それよりも、夕べは、おもしろい歌が聞けました。そのばけものとやらの正体も、なんとなくわかりましたよ！」

商人は、夕べ見たばけものの話をすると、

「ちょっと、さがしものを手伝ってくれませんか？」

といって、心配して見にきてくれた村人といっしょに、寺の中をさがしまわりました。

「ばけものの名まえが、手がかりになると思うんだが……」

ひとりごとをいいながらさがしていくと、戸だなから、椿の木でつくった木づちと、古いお茶っ葉の入ったふくろが見つかりました。

「木へんに春は、椿だから、これがていこぼしのばけものの正体だな。こっちのお茶っ葉は、葉っぱのばけものだろう」

「へ？　これがばけものの正体？」

村人にかまわず、商人はひとりごとをつづけます。

「とうやのばずとは、東屋の馬頭だろうか。きっと寺の東になにかあるはずだ。さいちくりんは、西の竹林か。いちがんけいというのは、一眼鶏かな。なんちは南池、ぎょじょとは、なんだろう……。魚の女ということかなあ……」

まもなく、商人のことばどおり、寺の東にある草原からくさった馬の頭が、西の竹林からは片目のにわとりが見つかり、南の池からは人魚が見つかったのです。

商人は、見つかったものをまとめると、村人にたのんで、供養をしてもらいました。そのおかげでしょうか、古寺のばけものは、二度とあらわれなかったそうです。

1分、おばけどきコラム

なかまがかわる〝ばけもの寺〟

この話は、岡山県につたわる「ばけもの寺」のむかし話を、物語ふうにつくったものです。ばけものの正体は、古道具や動物の死体、かわったとくちょうをもつ動物で、どれも人間に捨てられたり、いじめられたりしたものが、ばけものになっているのです。

ほかの土地に伝わる「ばけもの寺」では、北の池のガマや、北の山の白きつねといったばけものがなかまになっていることもあります。また、「ばけもの寺」の話は、どこの寺とはわからないことが多いのですが、鳥取県の南部町では、豊寧寺が舞台になっています。こちらのていていこぼしは、正体である椿の木づちが、大入道にばけることになっています。おなじ「ばけもの寺」の話でも、伝わる土地によって、少しずつちがっているのですね。

ちなみに、ていていこぼしは、漢字で書くと、椿々小坊師になるようです。

土地によって、椿はふしぎな木とされていて、熊本県のほうでは、椿ですりこぎをつくると、木心坊というおばけになるから、つくってはいけないといわれていたようです。

たぶん、椿でつくった木づちにも、ふしぎな力があると思われたのでしょう。だから、ていていこぼしのような話があるのでしょうね。

ゆか下にひそむ男

九州のとある村に、一軒の空き家がありました。

そのほこりだらけの部屋で、一人の武士が、うでぐみをしながら、考えこんでいます。

（ううむ……。思っていたよりもひどいありさまだ……）

だれもすまなくなってから、そうとう時間がたっているようで、部屋はかびくさく、雨戸もなければたたみもありません。

（こんな場所でも、夜つゆにぬれてねるよりはましだろう……）

武士は、板の間にゴロンとよこになり、縁側から見える月をながめました。

じつはこの武士、剣の道をきわめるため、武者修行の旅をしているのです。

とある村に来たところで日がくれてしまい、村人に「どこかとまれるところはないか」とたずねて、教えてもらったのが、この空き家だったのです。

（……しかし、あの村人、この空き家には、ばけものが出るといっていいたな。いったい、どんなばけものが出るのやら……。ああ、ねむい。ふぁあああ～）

板の間に大の字になって、武士は大きなあくびをしました。

武者修行の旅に出るくらいですから、心もきたえた人物なのでしょう。ばけもののうわさなど、まるで気にすることなく、いつの間にかねむってしまいました。

……どのくらいの時間がたったでしょうか。武士は、ふと、人の気配で目を覚まします。

(空き家のはずだが、だれかいるのか……)

足音が、だんだんとこちらに近づきます。

あらわれたのは、りっぱなかみしも(武士の礼服)をつけた男でした。月の明かりにも、黄色いかみしもがよく見えます。

こちらの存在には気づいていないので、武士はだまって、ようすを見ることにしました。

黄色いかみしもの男は縁側に立つと、庭にむかって、

「さいわい、さいわい、さいわい……」

と、おかしなことばを、三度、くりかえしました。すると、

「へぇぇぇい……」

という、かぼそい声が、縁の下から聞こえ、なにやらゴソゴソと出てくる音がするではありませんか。

縁の下から出てきたのは、茶色い着ものを着た男でした。

黄色いかみしもの男と、茶色い着ものの男は、なにやら小声で、ぼそぼそと話をしていましたが、おわったのか、ふたりとも元の場所のほうへもどっていったのです。

（なんで縁の下に人が？　もしや、これがばけものなのか？）

武士は、このあともなにかあるのではないかと、そのままの姿勢で少しまっていると、またもや足音が聞こえてきました。

しかし、あらわれたのは、さきほどの男とはちがう男です。

こんどは、白いかみしもをつけていました。

そして、黄色いかみしもの男とおなじように、「さいわい、さいわい、さいわい……」というと、またもや縁の下から「へぇぇぇい」といって、茶色い着ものの男が出てきたのです。

武士があやしんでいると、さきほどとおなじように、話をしてから、どこかへ帰っていきます。

二度あることは三度あるといいますが、しばらくすると、赤いかみしもの男があらわれ、おなじことをくりかえしたのです。

かみしもを着た男たちはともかく、縁の下には、茶色い着ものを着た男がいることは、たしかです。

武士は、自分もよびだしてみようと、縁側から庭にむかって、

「さいわい、さいわい、さいわい」

と、となえてみました。

すると、やはり「へぇぇぇい」という声が聞こえ、縁の下から男が出てきたのです。

茶色い着ものの男は、武士のすがたを見て、ハッとした顔をしたかと思うと、縁の下に逃げこもうとしました。

しかし、武士は、一瞬のはやわざで男のえり首をつかみ、逃げられないようにしてしまったのです。

「さっきから見ていたが、かみしもを着た男たちがつぎからつ

ぎへと来るな。あいつらはいったい、なに者なんだ？」

茶色い着ものの男は、目をパチクリとさせて、こたえます。

「へぇぇぇい。あのかたたちは、お金の精でございます。黄色いかみしもが金の精、白いかみしもは銀の精、赤いかみしもは、銅の精でございます」

「金の精？　なんで金の精が、こんなところに出てくるんだ？」

「へぇぇぇい。それは――」

武士は、茶色い着ものの男から話を聞くと、なるほどそうかと、大きくうなずきました。

そして、茶色い着ものの男に、

「ところで、おまえはなに者なんだ？」

と、たずねると、

「つぼの精でございます」

というのでした。

「金に銀に銅に、つぼの精か……。よし、わかった。もうおまえは帰ってよろしい」

武士はそう告げると、まんぞくそうな顔をして、また板の間にゴロンとよこになったのでした。

翌朝――。なん人かの人が、空き家にあつまってきました。

武士に空き家のことを教えた村人と、近所のやじ馬です。

「おおい、おさむらいさん、生きているかね？」

ねていた武士は、目を覚ますと、のびをしながらこたえます。

「ああ、見てのとおりだ」

「ばけものは出なかったのかね？」

「おう、出た出た！　すごいばけものだ！」

武士はわらって、やじ馬をよびよせました。そして、

「たのみがあるんだが、ここのゆか下を調べてくれないか」

といって、ねていた部屋のゆか板を、指でさしたのです。

やがて、武士と村人がゆか下の土をほりはじめると、茶色い大きなつぼが出てきました。中には金貨、銀貨、銅銭がたくさんつまっています。

「これが、ばけものの正体だ」

村人たちは、みんなびっくりしています。

「どうして、大金がうまっているのがわかったんで？」

たずねられた武士は、つぼの精から聞いた話を教えました。

「むかし、この家に、大金もちがいたそうだな。そいつが、大切な金がぬすまれないよう、ここにうめていたというわけだ。金はつかわれないと意味がないからな。それで、うめられたままじゃつまらないと、金がばけて出たんじゃないか？」

理由はともかく、大金を手にしたみんなが、大よろこびしたことは、いうまでもありません。

以来、空き家のばけものは、あらわれなくなったそうです。

1分、おばけどきコラム

大金にやどる精霊!?

このお話は、大分県臼杵市に伝わるむかし話を、読み物ふうにしたものです。

地中にうもれていた金銀財宝が、おばけになってあらわれるという話は、それほどめずらしくはありません。

たとえば、新潟県の阿賀町には、夜になるとへんな歌をうたう、一つ目のばけものが、坂道にあらわれた話があります。これを退治してみると、正体はたくさんのお金がつまった、かめだったそうです。

また、全国のあちこちには、取っつくひっつくというむかし話が伝わっています。

よいじいさんが山で仕事をしていると、どこからか「取っつこうか、ひっつこうか」と声がするので、「取っつかば取っつけ、ひっつかばひっつけ」というと、林から金銀が飛んできて、背中にうんとのっかり、大金もちになるという話です。これも、正体は、林にうもれていた、金銀財宝だったようです。

器物のおばけである付喪神とおなじように、長くほったらかしにされたお金にも、精霊がやどることがあるのです。

とくに、まとまったお金を放置しておくと、精霊がやどりやすいようで、小銭がうまっているだけでは、おばけにならないようです。

むかし話と伝説のちがい

この本には、お話のあとに、コラムがあります。お話にまつわる場所やものの写真をのせていますが、なかには絵だけだったり、絵も写真もなかったりします。

なぜかというと、紹介したお話が、むかし話と伝説にわけられるからなのです。

むかし話は、ふつう、「むかしむかし、あるところに……」という文章からはじまり、時代や場所については、あまり語られません。

伝説は、あるていどの時代がわかっていて、場所や出てくる人物もきまっています。

つまり、むかし話は、聞く人を楽しませるために語られてきたもので、伝説は、土地やものごとの由来を伝える歴史になるのです。

そのため、伝説を元にしたお話には写真がありますが、むかし話を元にしたお話には、場所やものの写真がなく、イラストを使っているのです。

ひとくちにおばけの話といっても、いろいろとちがいがあるのですね。

村上健司

文◉村上健司（むらかみ けんじ）

一九六八年、東京生まれ。子どものころから妖怪に興味をもち、全国の妖怪伝承がある土地を取材している妖怪探訪家・フリーライター。全日本妖怪推進委員会・世話役。主な著書に「妖怪探検図鑑」シリーズ（あかね書房）、『妖怪事典』「怪しくゆかいな妖怪穴」シリーズ（いずれも毎日新聞出版）、「日本全国妖怪スポット（全4巻）」シリーズ（汐文社）、『妖怪ひみつ大百科』（永岡書店）などのほか、水木しげるとの共著『日本妖怪大事典』（角川書店）、京極夏彦、多田克己との共著『妖怪馬鹿』（新潮社）などがある。

絵◉天野行雄（あまの ゆきお）

一九七〇年、岡山生まれ。妖怪造形家。アートユニット「日本物怪観光」を主宰。イラストや立体作品などで日本各地の妖怪を紹介している。全日本妖怪推進委員会・会員。妖怪関連の書籍で装画や挿絵を手がける。主な作品に「妖怪探検図鑑」シリーズ（あかね書房）、「怪しくゆかいな妖怪穴」シリーズ（毎日新聞出版）、「人工憑霊蠱猫」文庫版シリーズ（化野燐 著・講談社）などのほか、絵本「ようかいガマとの」シリーズ（よしながこうたく 作・あかね書房）の妖怪監修も担当している。

10分、おばけどき・3
なぞときおばけの話

2016年2月　初　版
2016年7月　第2刷

文　村上健司
絵　天野行雄
発行者　岡本光晴
発行所　株式会社あかね書房
〒101-0065　東京都千代田区西神田 3-2-1
電話 03-3263-0641（営業）　03-3263-0644（編集）
http://www.akaneshobo.co.jp
印刷所　図書印刷株式会社
製本所　株式会社難波製本
装丁・デザイン　坂野公一（welle design）

◉

ISBN978-4-251-08503-0 C8393　NDC913　127ページ　22cm

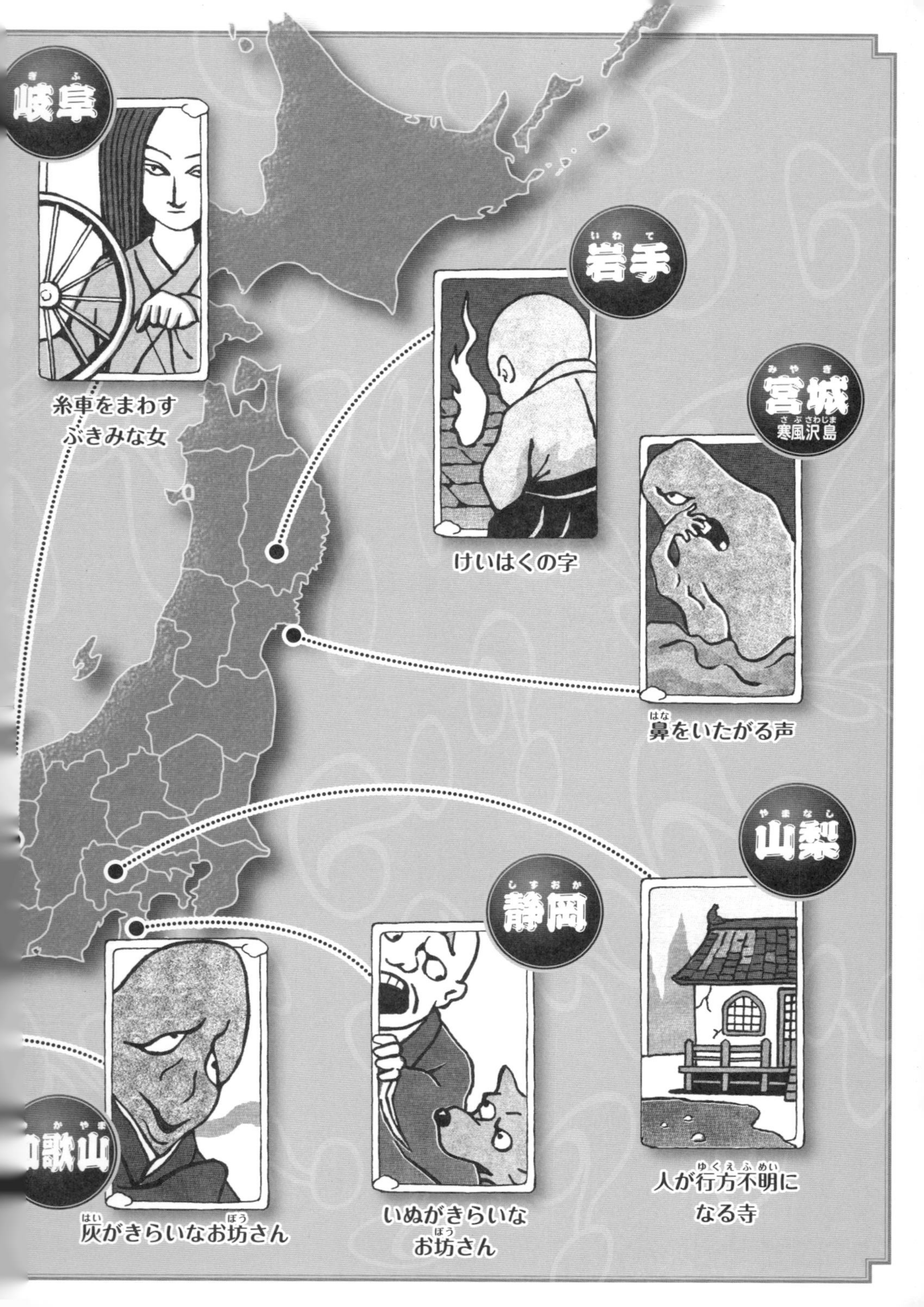
岐阜
糸車をまわす
ぶきみな女
岩手
けいはくの字
宮城
寒風沢島
鼻をいたがる声
山梨
人が行方不明に
なる寺
静岡
いぬがきらいな
お坊さん
和歌山
灰がきらいなお坊さん